잘
다
녀
와

잘 다녀와

톤 텔레헨 소설 ― 정유정 옮김 ― 김소라 그림

arte

1

다람쥐는 숲이 어떻게 생겼는지 잘 알고 있었다. 하지만 숲은 어디서 왔지? 누군가가 숲을 발견해 놓고 떠나 버린 게 아닐까 의심스러웠다.

다람쥐가 길을 나섰다. 숲을, 어쩌면 나머지 세상 전부를 발견한 이를 찾아보고 싶었다.

어느새 산기슭에 다다랐고 더 이상 갈 수가 없었다. 잠시 멈추어 섰을 때 제비가 다람쥐를 들쳐 업고 산 너머 사막을 향해 날아갔다. 거기에 다람쥐를 내려 주고 나니 제

비는 날개에 맺힌 땀이 느껴졌다. 그래도 곧장 되돌아 날아갔다.

다람쥐는 사막을 걷기 시작했다. 한참을 걷고 나서야 돌로 바위를 치면서 물 한 방울을 밖으로 흘러내리게 하고 있는 사막쥐를 만났다. 다람쥐는 사막쥐를 따라 물 한 방울을 만들어 내, 코로 흐르게 했다. 반만 마시고, 나머지 반은 아껴 두었다. 만약을 대비해서.

사막을 지나니 항구가 나타났고, 그곳엔 구멍 난 버드나무가 있었다. 다람쥐는 버드나무에 올라탄 채 바다를 항해했다. 해가 저물었다.

다람쥐는 꼬리를 미지근한 물에 늘어뜨려 놓았다. 바다는 마치 유리 같았다. 몇 주쯤, 어쩌면 며칠쯤 지났을 무렵 다람쥐는 어느 해안가에 닿을 수 있었다. 곧장 뭍에 내려 거미줄에 걸릴 때까지 골짜기를 걸었다.

"여기까지야." 거미가 말했다.

다람쥐는 구덩이로 떨어져, 휑하고 어두운 공간에 갇히

잘 다녀와

고 말았다.

"잠깐." 하는 목소리가 들렸다. 불이 켜지자, 구석에 앉아 있는 지렁이가 보였다. 지렁이는 자기가 그린 그림을 보여 주었다. 다람쥐는 머릿속에 온갖 생각들이 가득해 그림이 아름답다고 생각할 여유조차 없었다.

"미안해." 다람쥐가 지렁이에게 말했다.

"흠, 뭐 놀랍지도 않아." 지렁이가 대답했다. 다람쥐는 떠날 게 이미 분명하니까.

다시 땅 위로 올라오자 쥐가 기다리고 있었다. 이번에는 쥐가 공기로 만들어진 집으로 다람쥐를 데려갔다. 음식도 공기로 만들어졌고, 나이프와 포크도 공기로 만들어졌다. 하지만 자욱한 공기가 가득 담긴 눈에 보이지도 않는 접시가 다람쥐의 허기를 채워 줄 수는 없었다.

다람쥐는 남겨 두었던 나머지 물방울을 마신 다음 계속 걸었다. 그러다가 강에 빠져 헤엄쳐 갔다. 강 한쪽에는 코끼리가 목까지 진흙을 바르고 서 있었다. 그리고 세상이

얼마나 깨끗한지 노래하고 있었다. 다람쥐는 그 앞을 헤엄쳐 지났다.

마침내 숲의 첫 번째 나무에 다다랐다. 딱정벌레가 낮은 나뭇가지 앞에 당당히 서 있었다.

"난 태곳적부터 여기 살고 있어." 딱정벌레가 날개를 반짝이며 말했다.

"그렇지만 그 전엔 아니었잖아." 이젠 자신이 얼마나 오랫동안 이 숲을 떠나 있었는지조차 기억할 수 없는 다람쥐가 대꾸했다.

"그렇긴 하지. 그 전에는 숲 밖에서 살았으니까." 딱정벌레가 말했다.

두 번째로 만난 나무는 다람쥐에게도 낮이 익은 나무였다. 위로 올라가 문을 열고 들어갔다. 희미하게 기억이 나는 방 안에 들어섰다. 그리고 얼마나 좋았는지조차 생각나지 않는 침대로 가 누웠다. 꿈을 꾸면서야 비로소 자신이 지금 어디에 있는지 알 수 있었다.

잘 다녀와

2

어느 날 코끼리가 말했다.

"나 사막으로 떠나려고 해. 언제 돌아올지는 나도 잘 모르겠어."

"갑자기 왜?" 다람쥐가 놀라 물었다.

"거기에 가 보면 이유를 찾게 될지도 모르지." 코끼리는 머리를 비비며, 주름진 코로 귀 뒤를 조심스럽게 긁적였다.

다람쥐는 달콤한 너도밤나무 껍질과 떡갈나무 가지를 말없이 배낭에 싸서 코끼리 등에 메어 주었다.

"조심히 가, 코끼리야."

"잘 있어, 다람쥐야." 코끼리가 대답했다. 그다지 기뻐 보이지는 않았다. 열린 문을 통해 들이치는 바람에 이리저리 흔들리는 다람쥐네 방 등불을 쓸쓸한 눈으로 그저 다시 한 번 쳐다볼 뿐이었다.

"음……." 그 순간 코끼리는 발을 잘못 디뎌 나무 아래로 떨어지고 말았다.

그러나 이를 악 문 채 신음 소리도 내지 않고 비틀거리며 발걸음을 떼었다.

코끼리는 늦은 오후가 되어서야 사막에 도착했다. 광활하고 텅 빈 사막을 바라보며 고개를 끄덕였다. 그러고는 등에 멘 배낭을 풀고 바위에 기대 앉아 다람쥐가 싸 준 것을 한 번에 모두 먹어 치웠다. 엄청난 양이었다. 어질어질해지고 몸이 부어 이리저리 뒹굴다가 그만 잠이 들었다.

다음 날 아침 코끼리는 잠에서 깨어 다시 사막을 걷기 시작했다. 사막에 있는 게 안전하게 느껴졌다.

잘 다녀와

그러던 중 갑자기 사막 한가운데에서 나무를 한 그루 발견했다. 나무?

코끼리는 달리기 시작했다.

"나무야! 나무야!" 그가 불렀다. 마치 나무가 내 목소리를 듣고 있는 것 같아…… 좀 어이없다는 생각도 들긴 했지만, 계속해서 불렀다.

코끼리는 있는 힘껏 달려가 보았지만 이상하게도 나무와 가까워지지 않았다. 오히려 나무는 마치 그에게서 도망이라도 치듯 달려가 버리는 것 같았다.

걸을 수 있는 나무인가 봐. 코끼리는 생각했다. 언젠가 그런 나무에 대해 들은 적이 있는 것도 같았다.

"걸을 수 있는 나무야! 걸을 수 있는 나무야!" 그가 불렀다. 그리고 잠시 후 다시 소리쳤다. "난 너를 올라갈 생각이 없어…… 겁이 나서 그러니? 정말이야……."

그래도 달라지는 게 없었다. 코끼리와 걸을 수 있는 나무, 둘은 온종일 사막을 이리저리 뛰어다녔다.

저녁 무렵이 되자 코끼리는 기진맥진해졌다. 더 이상 나무를 부를 수조차 없었다. 혀는 마르고 코는 열기로 비뚤어졌기 때문이다. 그대로 모래밭에 쓰러져 누웠더니 저 멀리 나무도 움직이지 않고 가만히 서 있는 것이 보였다.

왜 그럴까, 어째서……. 그런 생각을 하다 잠에 빠져들었다.

아주 영롱한 밤이었다. 하늘에서는 셀 수 없이 많은 별들이 반짝였고 수평선 위로는 달이 빼꼼 제 모습을 드러냈다.

한밤중에 나무가 코끼리에게로 살금살금 다가와 몸을 구부렸다. 코끼리는 자면서도 끙끙대고 있었다. 나무는 코끼리가 많이 그리워했을 나뭇잎과 촉촉한 가지를 조심스레 입에 넣어 주고선, 잠시 바스락거리다 다시 살금살금 자리를 떠났다.

다음 날 아침 코끼리가 잠에서 깨어났을 때 나무는 다시 멀리 떨어져 있었다. 놀랍게도 코끼리는 배가 고프지도 목이 마르지도 않았다.

코끼리가 나무를 향해 한 발 가까이 다가갔다. 나무가 그에게서 한 발 멀어지는 것이 보였다.

코끼리는 고개를 저으며 꼼짝 않고 서 있었다.

그제야 코끼리는 숲으로 돌아가기로 했다. 사막 경계까지 다다라 뒤를 돌아보며 다시 한 번 소리쳤다. "잘 있어, 걸을 수 있는 나무야!" 여전히 눈에 보이는 거리에 서 있는 나무는 마치 코끼리의 외침에 인사라도 하듯, 그를 향해 머리를 흔들었다. 그럴 리가 없다고 생각했다. 모든 게 가능해도 그것만은 불가능해.

멀리 숲이 보였다. 다른 나무들보다 더 높이 솟아 있는 떡갈나무와 너도밤나무도 보였다. 그는 달리기 시작했다. "나 돌아왔어." 안도의 한숨을 내쉬며, 더 빨리 달려갔다.

3

모두 알고 있었다. 까치는 영원히 떠나는 것 말고는 더이상 하고 싶은 일이 없다는 걸. 까치는 주위를 다시 한 번 눈에 담고, 모두에게 외쳤다. "이제 다시는 너희들을 볼 수 없을 거야." 감정이 북받쳐 눈물을 뚝 떨어뜨리고는 그대로 날아가 버렸다. 그렇게 반나절이 지난 후 까치가 다시 돌아왔다.

"많이 놀랐나 보구나." 어리둥절한 표정들을 바라보며 까치가 말했다.

"아이코, 다시 돌아왔구나. 난 네가 말이야……." 개미는 정말로 놀란 것처럼 보이고 싶어 말했다. 그사이 코끼리는 웃음을 참느라 코를 귀 뒤로 숨겼다.

그러다 어느 날 까치가 정말로 영영 숲을 떠나 버렸고 이내 숲은 고요해졌다.

벌써 그날 저녁부터 다람쥐는 까치가 그리워졌다. 다음 날 개미는 텅 빈 하늘만 심란하게 쳐다보았다. 이상했다. 특별한 말을 남긴 것도 아니고, 그저 영원히 떠날 거라고, 앞으로 다시는 볼 수 없을 거라고만 했는데…….

어두운 날이었다. 모두 까치에 대해 이야기하고 있었다. 그 누구도 영원히, 어디로든 떠난 적이 없었다.

"영원히 떠날 수는 없어." 메뚜기가 말했다.

누군가를 영영 볼 수 없다는 것도 말이 안 돼. 찌르레기는 생각했다.

모두 함께 까치를 불러 보기로 했다. 숲이 메아리로 쩌렁쩌렁 울렸지만 까치는 돌아오지 않았다. 각자 편지도 써

보았다. 사방으로 바람이 불어 하늘이 편지로 시커멓게 뒤덮였다. 그러나 아무런 답장도 돌아오지 않았다. 이어서 모두가 까치를 찾아 나섰다. 세상 곳곳이 까치를 찾아 헤매는 동물들로 가득했다. 헛된 수고였다. 숲으로 돌아온 동물들은 숲 한가운데 있는 참나무 아래 널찍하고 탁 트인 곳에서 회의를 했다.

고슴도치는 다시 한 번 진지하게 고민해 보자고 했다. 갈매기는 소용없는 일이라며 차라리 다시 한 번 불러 보자고 했다. 왜가리는 하늘을 완전히 덮어 버릴 만큼 엄청난 편지를 보내 보자고 제안했다.

마지막으로 개미가 나섰다.

"우리 그만 마음을 접는 게 어떨까."

둥글게 모여 있던 동물들 사이에서 탄식이 흘러나왔지만 모두 그의 말에 동의했다.

"나는 동의할 수 없어." 갑자기 까치가 큰 소리로 외쳤다.

"아니, 이럴 수가! 우리가 여기저기 널 얼마나 찾아 헤

맨 줄 아니! 내 편지 못 받았어? 어디서 오는 길이야?" 모두 한마디씩 외쳐 댔다.

까치는 조용히 좀 해 보라며 목소리를 가다듬고 말했다.

"나 영원히 돌아왔어. 이제 다시는 내가 떠나는 걸 못 볼 거야."

"까치야, 까치야. 아무 말도 하지 말고 그냥 여기 있어." 개미가 말했다.

4

다람쥐는 눈을 크게 뜨고 주변 세상을 바라보았다. 무더운 여름날이었다. 날카로운 초록 풀줄기가 시커먼 땅에서부터 높이 뻗어 있었다. 꾸불꾸불한 회색 선이 나 있는 조약돌이 놓여 있었고, 방금 전 발에 걸려 넘어질 뻔했던 너도밤나무 뿌리가 튀어나와 있었다. 그 옆에 앉아서 눈을 크게 뜨고 세상을 바라보았다. 세상을!

다람쥐는 고개를 저으며, 한 번 더 자세히 세상을 보기로 결심했다. 조약돌을 주웠다. 하얀 돌 가운데에 작은 구

잘 다녀와

멍이 나 있었다. 그 구멍에 눈을 가까이 대니 구멍 밑에 있는 먼지가 보였다. 눈물을 흘리면서도 그 작은 먼지 가운데를 계속 바라보니 창문이 반사되어 보였고 그 뒤로는……

그 순간 누군가 다람쥐 어깨에 손을 올렸다.

"잠깐만!" 그가 외쳤지만, 조약돌 구멍에는 이미 그늘이 드리워지고 말았다. 몸을 돌려 기린의 선한 얼굴을 똑바로 쳐다보았다.

"다람쥐야!" 기린이 말했다.

다람쥐는 고개를 저으며 대답했다. "기린아, 네가 나를 방해하고 있어. 점점 더 많은 세상을 보았고, 점점 더 멀리 볼 수 있었고, 이제 막 창문을 통해서도 보려던 참이었는데…… 꼭 지금 왔어야 했니……."

"같이 가 볼래?" 기린이 물었다.

"어딜?"

"탐험 여행."

"뭘 찾게?"

"그걸 알면 더 이상 탐험 여행일 수가 없지 않겠니?"

다람쥐는 또다시 한숨을 내쉬었다. 탐험 여행에 너무 지쳐 버린 탓이었다. 아주 많은 탐험 여행을 해 봤지만 매번 뭔가 새로운 것을 발견했다. 항상 그랬다. 다람쥐는 조약돌을 땅 위로 낮게 던져 버렸다. 조약돌은 윙 소리를 내며 날아가 덤불 속으로 사라졌다.

"좋아. 탐험 여행, 가 보지 뭐." 다람쥐가 대답했다.

다람쥐는 기린을 따라 발을 질질 끌며 숲 가장자리를 향해 걸어갔다. 가다가 개미가 누워 잠자는 걸 구경했고, 꿀이 발린 뭔가를 핥고 있는 곰도 발견했다. 또 그날이 얼마나 더운지도 알게 되었다. 그렇게 초원을 따라가다가 개천가에 앉았다. 둘은 세상 끝까지 가서 잠에 곯아떨어지는 게 얼마나 쉬운 일인지도 이내 깨닫고 말았다.

잘 다녀와

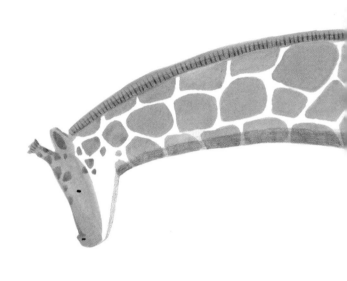

5

개미와 다람쥐가 해변에 서 있었다. 그들은 이미 몇 날 며칠을 여행 중이었고, 특별한 일은 하나도 일어나지 않았지만 여행에 대단히 만족하고 있었다.

"아주 특별한 여행이야." 다람쥐가 말했다.

개미가 고개를 끄덕였다.

바다 위로 해가 떠오를 때는 모래사장에 구멍을 파고 그 안에서 잠을 청했다. 그럴 때 다람쥐는 이렇게 말했다. "나한테는 말이야, 벌거벗은 하늘 아래 자는 셈이야."

잘 다녀와

무더운 날이었다. 바다 위 하늘은 조금씩 흔들리고 있었다. 바람은 없었고 바다는 반들반들 요지부동이었다.

그렇게 서서 각자 생각에 잠겨 있는 동안 순식간에 해가 저물기 시작했다.

"저기 봐!" 개미가 외쳤다.

해는 거침없이 빠르게 바다로 떨어졌다. 바닷물이 높게 솟구쳤고 쉬익 소리를 내며 연기를 피웠다. 마치 요리라도 하는 것 같았다. 또 갑자기 어두워지면서 서둘러 별들이 모습을 드러내기 시작했다.

상어 머리가 바닷물 밖으로 불쑥 솟아올랐다.

"아야!" 상어가 울부짖었다.

그러다 잠시 후 격렬히 헤엄쳐서 해변 위로 올라왔다. 얼마 지나지 않아 돌고래도, 가오리도, 오징어도, 지느러미가 타거나 비늘이 검게 그을린 녀석들까지도 해변 위로 올라왔다. 그사이 날치는 안간힘을 다해 그들 머리 위를 날아 해안가 더 안쪽 멀리 뭍으로 날아올랐다.

잘 다녀와

"끔찍해." 상어가 말했다. 그 와중에 이마의 땀이 느껴졌다. "바다는 너무 뜨거워……."

다른 동물들도 할 말을 잃은 듯했다. 머리 위 칠흑같이 어두운 하늘이 시원해 보여 그저 놀란 눈으로 바라볼 뿐이었다.

다람쥐와 개미는 바다에서 온 동물들 하나하나를 보살피며 뒤틀린 아가미를 문질러 평평하게 해 주고, 자욱한 연기가 나는 촉수도 청소해 주었다. 정신없이 바빠서 잠자는 건 생각할 겨를도 없었다.

동물들은 차츰 안정을 되찾았고 아파하는 것도 점점 줄어들었다. 바다는 반들반들 요지부동이었고 달은 온 힘을 다해 세상을 밝히고 있었다.

아침이 되자 다시 해가 바다 위로 떠올랐다. 아주 빠른 속도로 하늘로 솟아올랐다. 해변은 따뜻해지고 밝아졌다. 잠에서 반쯤 깨어난 상어, 가오리, 돌고래, 오징어가 다시 물을 찾아갔다.

다람쥐와 개미는 구멍을 파고 잠을 청해 보려 했다. 눈을 감는 바로 그 순간 날치가 그들의 머리 위를 날아 바다로 다시 돌아갔다.

"사실은, 태양에 뭐가 있는지 아무도 정확히 알 수가 없대." 개미가 말했다.

그러나 다람쥐는 더 이상 아무 소리도 듣지 못했다.

잘 다녀와

6

어느 날 코끼리는 숲이 지겨워졌다. 맨날 걷다가 멈췄다가 다시 걷기만 하지. 사실 내가 원하는 건 이게 아니야. 난 날고 싶어. 코끼리는 생각했다.

코끼리는 장미 덤불이 높이 자란 풀밭을 다시 한 번 걷다가 너도밤나무에 또 한 번 부딪히자 코를 흔들며 소리쳤다. "또 만나자. 어디서 만나게 될지는 나도 모르지만!"

다람쥐와 개미는 코끼리의 외침을 듣고 곧장 그에게로 달려갔다.

"너 어디로 간다는 말이니?"

"저기 구름 보여?" 코끼리가 작고 하얀 구름 조각을 가리키며 물었다. "저 뒤로 사라질 거야. 그리고 갈 데까지 가 보는 거지."

"그런데 날개는 있니?"

"날개?" 코끼리가 물었다. "날개가 필요하다고 생각해? 너희들 먼지나 자작나무 이파리 본 적 있니? 그것도 날개가 있던?"

개미와 다람쥐는 고개를 저었다.

"거봐."

점점 많은 동물들이 숲속 광장에 모여들었다. 모두들 믿기지 않는 표정이었다.

코끼리는 코를 높이 던져 도움닫기를 하더니 나무 꼭대기에 닿을 때까지 하늘 높이 날아올랐다. 마치 코가 달린 회색 구름이 숲 위에 떠 있는 것 같은, 그야말로 엄청난 광경이었다.

잘 다녀와

"너희들 보고 있니?" 코끼리의 외침이 저 멀리서 어렴풋이 들려왔다. 제비가 그 근처를 스치듯 지나갔다. 그러고는 이내 밑으로 날아 내려와 코끼리가 확실하다고, 저 위를 날고 있는 게 정말 코끼리라고 말해 주었다.

아름다운 날이었다. 송진 향이 나무들 사이를 휘감아 돌았고 가능한 모든 것들이 꽃을 피웠다. 머리를 끄덕일 수 있는 동물들은 모두 머리를 끄덕거렸다. 그렇지 않은 동물들은 중얼거렸다. "믿을 수 없어."

바로 그때 나무 뒤에서 쾅 하는 굉음이 들려왔다. 먼지가 피어올랐고 잠시 후 힘이 빠진 코끼리의 비참한 울음소리가 들려왔다.

고개를 가로 저을 수 있는 동물들은 모두 고개를 저었다. 개미가 외쳤다. "나도 가 볼래!" 그러더니 다람쥐와 함께 황급히 나무에서 내려갔다.

나무 뒤쪽에 생긴 구덩이에서 코끼리와 마주했다. 흙투성이에 쭈글쭈글해진 모습. 코는 부러져 있었다.

"아이고 코끼리야……." 다람쥐가 작은 소리로 말했다.

"저 구름 뒤로는 말이야, 더 이상 갈 데가 없었어. 내가 그걸 알았겠니?!" 코끼리가 끙끙대며 말했다.

"아니." 다람쥐는 그의 어깨를 조심스레 토닥이며 대답했다. "모르는 게 당연하지."

코끼리는 고개를 끄덕이며 주위를 둘러싼 나무의 이파리들이 바스락거릴 정도로 한숨을 내쉬었다.

7

달팽이와 거북이가 함께 여행을 떠나기로 했다.

"우린 속도가 거의 비슷하니까." 거북이가 말했다.

"그러길 바라, 거북이야. 정말 그러길." 달팽이가 대답했다.

거북이는 이미 전날 달팽이에게 와서 여행 계획을 들려주었다. 그들은 참나무 아래 달팽이가 사는 곳 건너편, 흐드러지게 핀 장미 덤불을 찾아가 보고 싶었다.

그날 밤 둘은 나란히 잠들었다. 달팽이는 제 집에서, 거

잘 다녀와

북이는 등딱지 아래에서.

거북이가 먼저 잠에서 깼다. 등딱지 아래로 머리를 쑥 빼고서 이미 솟아오른 해를 쳐다보았다. 그리고 조심스레 달팽이 집 문을 두드렸다.

"달팽이야……." 작은 소리로 불렀다.

달팽이는 깊은 잠에 빠져 있다가 놀라 솟아오르며 자신의 지붕을 뚫고 벌떡 일어났다. 그러고는 이내 제 집으로 다시 들어가 버렸다. 지붕과 문은 산산조각이 났다.

달팽이는 창백하고 절망적인 얼굴로 남아 있는 집 사이에 앉아 있었다. 거북이는 그 옆에 서서 그러려고 했던 건 아니라고 말했다.

"아휴!" 달팽이가 소리쳤다. "그렇게 조급하게 문을 두드리면 어떡해!"

"그렇지만 우리 함께 여행 떠나기로 하지 않았니?" 거북이가 되물었다.

"여행…… 여행이라……. 그렇다고 이렇게 **당장** 가자는 건 아니었잖아? 난 **당장**이 싫어, 거북이야. 나는 그게 정말 싫어." 달팽이가 말했다.

거북이는 땅을 내려다보며 힘없이 말했다. "**후회하고 있어.**"

"아악, **후회**라니⋯⋯." 달팽이가 소리를 지르기 시작했다. "그건 서두르는 거나 마찬가지라고. 내가 떨고 있는 거 보이지?" 그는 부르르 떨었다. 그런 다음 말을 이었다. "나는 원래 절대 떨지 않아! 너의 **후회** 때문에 지금 이러는 거야. 어, 난 **당장**만큼이나 **후회**가 싫어."

거북이는 **침묵**했다.

"이젠 또 뭐니?" 달팽이가 물었다.

거북이는 아무 생각도 나지 않았다. 오랫동안 둘은 아무 말 없이 풀숲에 앉아 있었다.

오전이 거의 지날 무렵 딱정벌레가 지나던 길에 들렀다. 간밤에 갑자기 터져 버린 누군가를 다시 제대로 맞춰 놓기 위해 가는 길이었다.

잘 다녀와

"집이 부서졌나 봐?" 딱정벌레가 물었다.

"응." 달팽이가 대답했다.

"새로 만들어 줄까?" 딱정벌레가 물었다.

"그럼 좋지." 달팽이가 말했다.

잠시 후 달팽이 집은 다시 복구되었고, 심지어 예전보다 훨씬 멋있어졌다. 왜냐하면 딱정벌레가 새빨갛게 칠해 주었기 때문이다.

"그런데 왜 빨강색이야?" 달팽이가 궁금해하며 물었다.

"그건 경고의 의미야." 딱정벌레가 대답했다. "너에 대한."

"나에 대한? 특별히 나에 대한 경고라고?" 달팽이가 물었다.

그러나 딱정벌레는 이미 저만치 가 버렸고, 대답은 더 이상 들을 수 없었다.

달팽이는 집으로 들어가서 벽도 만져 보고 창문으로 내다보기도 한 다음 다시 밖으로 나왔다. 거북이는 여전히 풀숲에 앉아 있었다.

"나 경고받았어, 거북이야." 달팽이가 말했다. 그러고는 의미심장하게 거북이를 쳐다보았다.

거북이는 아무 말이 없었다. 난 경고 같은 건 받은 적이 없는데. 그는 생각했다.

다시 해가 저물기 시작하자 그들은 여행을 다음으로 연기하기로 했다. "어쩌면 영영." 달팽이가 말했다.

"그러면 난 이제 가 볼게." 거북이가 말했다.

달팽이는 불처럼 새빨간 입구에 서서 거북이를 쳐다봤다. "잘 가, 거북이야. 앞으로는 좀 더 느려지도록 하고."

거북이는 이를 부드득 갈며, 터벅터벅 집으로 돌아갔다.

옅은 안개가 끼고 해가 나무들 뒤로 사라졌다. 내가 졌어. 거북이는 생각했다.

그러나 갑자기 그의 목소리가 밝아졌다. 그래, 그러니까 내가 진 거야. 그는 빨라지지 않게 주의를 기울여야 했다. 내가 지다니, 달팽이가 진 게 아니라니. 그것만은 확실하잖아.

잘 다녀와

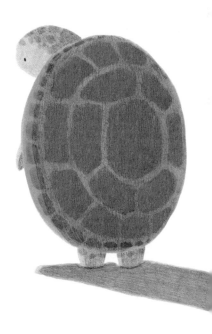

8

어느 날 아침, 왜가리가 개구리에게 말했다.

"곧 내 생일이야."

"오 그래?" 풀줄기 끝자락에 앉아 이리저리 흔들거리고 있던 개구리가 대꾸했다.

"응, 이번엔 아주 특별하게 생일을 보내려고 해." 왜가리가 말했다.

"오, 어떻게 말이니?" 개구리가 물었다.

"음…… 그건 아직 비밀로 할래." 왜가리가 대답했다.

잘 다녀와

"그런데 개구리 너만 초대할 거야."

"아이코." 개구리가 물속으로 풍덩 들어갔다.

그는 멀리 헤엄쳐 가며 생각했다. 왜가리가 생일을 어떻게 특별하게 보내려고 하는지 궁금했다. 어쩌면 개굴개굴 노래를 해 달라고 부탁하려나? 그런 거라면 해 주고 싶은데. 한 번도 불러 본 적 없는 아름다운 노래를 알고 있었다. 그리고 뭘 먹게 되려나? 어떤 케이크가 있을까? 좀개구리밥을 얹은 물 케이크? 아니면 진흙으로 만든 케이크? 왜가리는 뭘 좋아하려나?

개구리는 이맛살을 찌푸렸다. 왜가리가 뭘 제일 좋아하는지 몰랐기 때문이다. 그러다 문득 뭔가 떠올랐다. 왜가리도 먼 곳에 호기심이 많다는 것. 먼 곳에는 나도 언젠가 꼭 한 번 가 보고 싶었어. 잠시 그런 생각에 고개를 끄덕이다가 목을 긁적이고는 계속 헤엄쳐 갔다.

왜가리의 생일날 아침, 개구리는 먼 곳이 너무 궁금한 나머지 해가 뜨기도 전에 길을 떠났다.

왜가리에게는 편지를 한 장 남겼다.

친애하는 왜가리에게

생일 진심으로 축하해. 그런데 내가 급히 가야 할 곳이

생겨서.(먼 곳이야)

— 개구리가

왜가리는 편지를 읽고 나서 우울한 표정으로 갈대 너머
로 희미하게 찰랑거리는 강을 바라보았다. 초라한 생일이
되어 버렸다. 왜가리는 개구리와 춤도 추고 싶었고, 생일이
지나면 다시는 개구리를 잡아먹지 않겠다고 진지하게 약
속하고 싶었다.

왜가리는 어깨를 한껏 올렸다가 한숨을 푹 내쉬었다.
생일 내내 그렇게 몇 시간을 꼼짝 않고 슬퍼하며 창백한
갈대 사이에 서 있었다.

밤이 되자 개구리가 집으로 돌아왔다. 먼 곳은 실망스러

웠다. 아주 가까이, 정말 코앞에 가서 보았다. 그러나 뭔가 특별한 걸 본 건 아니었다. 사실 뭐 아무것도 없었다. 그러나 그 먼 곳에 가 봤다는 것만으로도 개구리는 기뻤다.

9

"여행을 떠나야겠어." 다람쥐가 방 한쪽 구석에 있는 거울을 보며 말했다.

그는 꼬리도 빗고, 귀도 머리 뒤로 조심스럽게 접어 두었다.

"아니, 그냥 가지 말까." 다람쥐가 이어서 말했다. 꼬리털이 다시 사방으로 뻗쳤고, 귀는 앞으로 젖혀져 반쯤 구겨진 채 이마를 가리고 있었다.

다람쥐는 식탁으로 가서 앉았다. 이제 와서 여행을 포

잘 다녀와

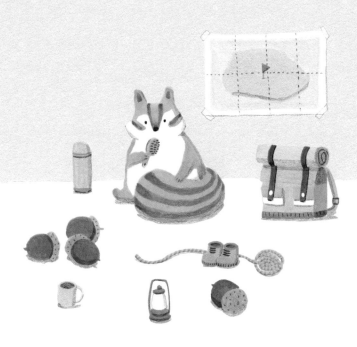

기하다니, 스스로도 말이 안 되는 일이라고 생각했다. 그는 등을 똑바로 세우고, 출발 지점에 서서, 맨 처음 그 순간을 떠올려 보았다. "그렇지만 난 집에서 아주 편안하게 잘 지낼 수 있잖아."

한 시간 후 그는 집 앞 묵직한 나뭇가지 위에 앉아 편안히 뒤로 기댄 채 혼잣말을 했다. "여행을 안 간다고 확실히 정하니 이렇게 마음이 편하네."

목을 한 번 긁었더니 왼발도 가려운 것 같았다. 왠지 등도 간지러웠다. "그래도 이렇게 집에만 있을 순 없지? 그렇지. 그래, 간다, 여행. 결정. 가 보자!"

그날 오후 개미와 다람쥐가 강기슭 잔디밭에 엎드려 누워 있었다. 둘은 팔꿈치를 괸 채 시큼한 나뭇잎을 씹고 있었다. "나는 여름 내내 여기 이렇게 누워 있을 수 있겠어." 다람쥐가 말했다.

"난 아니야. 난 곧 여행을 떠날 거야." 개미가 말했다.

"오, 나도 마침 여행 갈 계획이었어." 다람쥐가 대꾸했다.

잘 다녀와

"그런데 나에게 솔직하게 묻는다면⋯⋯."

"난 네가 무슨 말을 하고 싶은지 알지." 다람쥐가 말을 가로챘다.

"⋯⋯계속 하자면, 집에서 아주 편안하게 지낼 수 있다는 거지. 그 여정들을 생각하면⋯⋯."

그들은 반들거리는 수면을 응시했다. 때때로 호랑나비가 아침에 제비에게 새로 배운 비행법을 뽐내며 시선을 사로잡기도 했다.

이제 둘은 자리에서 일어나 돌아갈 준비를 하며 인사를 나누었다. 어느 날 저녁, 어떤 나무 아래에서, 어딘가 먼 곳에서 또 만나기로 약속했다. 그러고는 다시 누워 버렸다. 다른 이들은 어떻게 여행 떠날 생각을 잊은 채 살아가는지 알 길이 없었다.

10

다람쥐에게

나는 오늘 여행을 떠나, 그리고 다시는 돌아오지 않을 거야.

넌 아마도 '그래, 그래, 걘 늘 그렇게 이야기했지.'라고 생각하겠지만, 이번엔 정말이야!

정말로 돌아오지 않을 거야.

만약 네가 지금 여기 있다면, 내가 이 편지를 어떻게 쓰고 있는지 볼 수 있을 텐데.

잘 다녀와

잘 다녀와

아주 결연하게.

그래, 그렇게 말할 수 있지.

나는 아주 결연하게, 떠나서 다시는 돌아오지 않겠다는
내 굳은 결심을 너에게 알려 주는 거야.

내 결심은 확고해.

이 편지를 다 쓰면 난 떠날 거야. 네가 이 편지를 읽을
때쯤이면 이미 멀리 떠나고 없을 거야.

만약 나의 여행길에 뭔가 해 주고 싶다면, 바로 지금이어
야 해. 그렇지 않으면 늦어. 꿀이나 뭐 그런 거. 너무 큰
항아리는 말고. 그런 건 들고 갈 수도 없잖아. 하지만 크
림 꿀이라면 큰 항아리라도 상관없어, 내가 두 개에 나눠
서 담아갈 수 있으니까. 끓인 설탕 통도 괜찮아. 어쨌든
달콤해야 돼.

떠나기 전에 내가 잠깐 들를게. 그런데 사실 가져가기 너
무 커도 상관없어. 그럼 적당한 양이 될 때까지 우리가
같이 먹어 치우면 되니까. 하지만 지나치게 작으면 곤란

해. 그렇지 않니?

다람쥐야. 그러고 나서 말이야. 난 꼭 떠날 거야.

좀 이따 보자.

— 개미가

잘 다녀와

11

어느 날 아침, 다람쥐와 개미가 숲을 서성였다.

"우리 어디로 가는 거야?" 다람쥐가 물었다.

"먼 곳으로." 개미가 대답했다.

"오." 다람쥐가 말했다.

화창한 날이었고, 둘은 숲을 빠져나와 먼 곳으로 향했다.

"세상은 아주 커다래, 다람쥐야……." 개미가 말했다.

"그렇구나." 다람쥐가 대꾸했다.

"멀리 갈수록 세상은 더 넓어지는 거야." 개미가 또 말했다.

다람쥐는 아무 말이 없었다.

"그러니까 사실 계속 걷는다면 세상은 끝없이 넓어지는 거지." 개미는 말을 이었다.

다람쥐는 고개를 끄덕이긴 했지만, 끝이 없다는 게 어떤 건지는 알지 못했다. 게다가 누군가 계속해서 걸을 수 있다는 것도 믿을 수 없었다. 할 수 있는 만큼 깊이 생각해 보았다. 만약 내가 이 자리에 멈춰 앉아 버리면, 세상은 다시 작아지려나? 아예 계속 앉아 있다면?

생각이 복잡해지자 다람쥐는 직접 확인해 보기로 결심했다.

둘은 끝없이 펼쳐진 평야를 걸었다. 이따금씩 바윗덩어리도 올랐다. 새파란 하늘에는 드문드문 작고 하얀 구름조각들이 떠다녔다.

몇 시간째 계속해서 걷고 또 걸었다.

그러던 중 갑자기 벽을 맞닥뜨렸다.

크고 높은 벽이었다. 담쟁이덩굴이 덮여 있고, 돌들은 부서져 푸석푸석해져 있었다.

"이제 더는 못 가겠다." 다람쥐가 말했다.

"위로 넘어가면 되잖아." 개미가 말했다. "조심해서."

개미는 다람쥐 어깨와 머리 위로 올라가 벽을 타고 넘어갔다.

"반대편에 뭐가 있니?" 다람쥐가 물었다.

한참을 아무 말이 없던 개미가 대답했다. "아무것도 없는데."

"그래도 뭔가 보이지 않니?" 다람쥐가 다시 물었다.

"아무것도 안 보여."

"아래로 내려다보면 땅도 안 보여?"

"응."

"그럼 하늘은? 하늘은 보이겠지?"

"아니. 하늘도 안 보여."

"그럼 거기 캄캄하니?"

"아니, 그냥 아무것도 없어." 개미가 외쳤다.

잠시 정적이 흘렀다. 다람쥐는 곰곰이 생각했다.

"군데군데 아주 낡았니? 아니면 잿빛이야?" 다람쥐가 다시 물었다.

"아니, 그렇지도 않아." 개미가 대답했다.

"무슨 소리라도 들려?"

"아니, 아무 소리도 안 나." 개미가 대답했다.

"그럼 거긴 완전히 고요하니?"

"아니."

"그렇지만 아무 소리도 안 들리면, 고요한 거 아니야?"

"흠, 나도 그럴 줄 알았는데, 고요한 것도 아니야. 그냥 아무것도 아니야." 개미가 대답했다.

"그럴 수는 없는 거잖아." 다람쥐가 말했다.

"그렇지." 개미가 말했다.

다람쥐는 잠시 생각에 잠겼다.

"그럼 무슨 냄새라도 나니?" 다람쥐가 다시 물었다.

살 다녀와

"아무 냄새도 안 나." 개미가 대답했다.

다람쥐는 아무 말도 하지 않고 또다시 곰곰이 생각에 잠겼다.

"네가 날 수 있다면, 그 너머로 날아 볼 수 있겠니?" 다람쥐가 다시 물었다.

"어느 너머로 말이야?"

"거기 그 너머로."

"거기는 없어. 말했잖아. 아무것도 없다고."

"그럼 그 반대편 아래로 떨어져 볼 수 있니?"

"반대편이 없다고! 이쪽만 있어. 이제 더 이상 묻지 마!"

개미는 다람쥐 머리를 밟고 땅으로 뛰어내렸다.

둘은 벽에 등을 기댄 채 잔디 위에 앉았다.

그리고 한참을 아무 말도 하지 않았다. 그러다가 다람쥐가 말했다. "정말 멀리 왔구나."

지평선 위로 작은 흑점처럼 보이는 숲까지 쭉 뻗은 광활한 대지를 바라보았다.

개미는 아무 말도 하지 않았다. 다람쥐는 그가 생각에 잠겨 있다는 것을 알 수 있었다. 하지만 아무 생각도 떠올릴 수 없는 것 같았다. 이마에는 짙은 주름이 생겼다.

잠시 후 개미가 벽 아래로 구멍을 파기 시작했다.

빠른 속도로 파헤쳐진 흙이 높이 쌓였다. 그러나 벽 아래 한가운데까지 다다르자 더 이상 땅을 팔 수 없었다.

"더 이상 팔 수가 없어." 다람쥐는 개미의 외침을 들었다.

"왜 안 돼?" 다람쥐가 물었다.

"더 이상 팔 게 없어."

"땅이 없다고?"

"응, 없어."

"그럼 뭐가 있는데?"

잠시 아무 말이 없었다. 그러다 주저하는 힘없는 목소리가 들려왔다. "아무것도."

개미는 다시 기어 나와 다람쥐 옆에 섰다. 이내 땅바닥을 내리쳤다.

잘 다녀와

"반대편이 있어야만 돼. 그래야만 한다고!" 개미가 말했다.

"왜 그래야만 돼?" 다람쥐가 다시 물었다.

"그래야만 한다고!" 개미는 소리를 지르더니 발을 구르며 너무 화가 나 이리저리 움직였다. "뭔가 있어야 한다고!"

"그럼 뭐가 있어야 한다는 거니?" 다람쥐가 물었다.

"뭐든지!" 개미의 목소리는 울려 퍼져 높이 날아가는 것 같았다. 그의 얼굴은 단정하지 못하게 벌겋게 달아올랐고 더듬이는 서로 엉켜 있었다.

"아무것도 없다는 건 끔찍해." 그가 소리 질렀다. 그러면서 눈을 꼭 감고 말했다. "아니야. 아무것도 없다는 건 끔찍하지 않아. 아무것도 없다는 건 아무것도 아닌 거야."

"그건 더 끔찍한걸." 다람쥐는 조심스레 대꾸했다.

"아니야!" 개미는 날카롭게 소리를 질렀다. 물구나무를 서서 다리를 뱅뱅 돌려 댔다. "아무것도 아니야!"

다람쥐는 아무 말도 하지 않고 땅만 쳐다봤다. 코로 꼬리 끝을 눌렀다.

다람쥐는 생각했다. 만약 그곳이 아무것도 아니라면, 여기가 전부라는 말이네. 그는 하늘과 평야, 멀리 있는 숲, 옆에 있는 개미를 바라보았다. 그러니까 이게 전부야. 더 이상은 뭐가 없는 거야.

그는 고개를 끄덕이며 자신이 알아낸 것에 만족했다. 더 이상 뭔가 있어야 할 필요도 없다고 생각했다.

그러나 개미는 여전히 벌겋게 달아올라 쭈그렸다 이리저리 움직였다 했다. 그의 얼굴은 주름으로 가득했고 계속, 그러나 점점 기어 들어가는 목소리로 말했다. "뭔가 있어야 해. 뭔가. 뭔가."

다람쥐는 배가 고파져서 말했다. "이제 돌아가자."

개미는 아주 깊은 한숨을 쉬며 한 번 더 절망적으로 벽을 쳐다보았다. 그리고 한 번 더 말했다. "뭔가 있어야 해." 그리고 다람쥐를 위해 평야로 걸어 나왔다.

둘은 아무 말 없이 숲을 향해 걸었다.

잘 다녀와

시간이 흐른 뒤 다람쥐는 잠시 뒤를 돌아보았다. 벽은 이미 얇고 검은 선에 불과했다.

"세상은 내 기대에 미치지 못했어." 개미가 말했다.

다람쥐는 아무 말도 하지 않았다.

"또다시 나를 실망시키다니." 개미는 계속 걸으며 머리를 저었다.

다람쥐는 가끔 실망스러운, 기대에 미치지 못하는 일들을 생각해 보았다. 상한 꿀이라든지, 꼬리 통증이라든지, 읽을 수 없는 편지라든지.

그날 저녁 늦게 다람쥐와 개미는 너도밤나무 위 다람쥐의 집에 앉아서 붉은 시럽을 먹으며 생일, 케이크, 태양, 송진향, 검은목두루미 그리고 여름에 대해 이야기 나누었다. 세상과 아무것도 아닌 것을 제외한 나머지 모든 것에 대해 이야기했다.

12

코끼리는 자기가 만든 뗏목을 타고 천천히 항해를 나섰
다. 잉어, 강꼬치고기, 도미 그리고 연어는 그 뒤를 따라 헤
엄쳐 왔다.

모두 알고 있었다, 코끼리가 바다로 가려고 한다는 것
을. 코끼리는 바다 한가운데, 돛대도 없는 뗏목 위에서 살
생각이었다.

"이게 유일한 방법이야." 모두에게 말했고 다들 고개를
끄덕였다. 아무 데도 올라가지 않고, 아무 데서도 떨어지

지 않을 유일한 방법이었다.

"바다에는 아무것도 없겠지?" 코끼리는 바다를 아는 동물들에게 물었다.

"그렇지, 아무것도 없지." 동물들이 대답했다.

"나무 한 그루도? 실수로라도 한 그루가 바다 어딘가에 서 있는 건 아니겠지?"

"아니야."

코끼리는 깊은 한숨을 내쉬고 볼에 묵직하게 흘러내린 눈물을 코로 훔쳐 냈다.

그에게는 달짝지근한 나무껍질이 든 상자가 하나 있었고, 개똥지빠귀는 바다에서 뭐라도 할 수 있게 휘파람 부는 법을 가르쳐 주었다.

한쪽에 죽 서 있는 동물들은 무척 침울해 보였다.

"잘 가, 코끼리야!" 모두 외쳤다. 큰 소리로 외치기도 하고, 손을 흔들기도 하고, 서로의 어깨에 올라가기도 했다.

"안녕, 애들아." 코끼리는 고개를 끄덕여 보였다.

갈매기는 그의 머리 위로 높이 날아올랐고 개구리는 물속으로 뛰어 들어 그에게 헤엄쳐 다가가 보려고 했다.

"마지막 인사야!" 개구리가 개굴거렸다.

"잘 있어, 개구리야." 코끼리가 말했다.

다람쥐는 집 지붕으로 올라가 코끼리가 한 번이라도 더 돌아볼 수 있도록 머리 위로 높이 전등을 들어 올렸다.

전등이 햇빛에 반짝거렸다.

"코끼리야! 코끼리야!" 다람쥐가 외쳤다.

코끼리가 돌아보며 전등을 발견했다.

"잘 있어, 다람쥐야!" 코끼리는 다람쥐가 전등을 흔들던 모든 순간을 떠올리자 잠시 목이 메었다.

코끼리는 밤이 되어서야 바다에 닿아 둥둥 떠다니기 시작했다.

동물들은 더 이상 코끼리 소식을 듣지 못했다. 몇몇은 그를 잊거나 그가 있었다는 사실조차 기억하지 못했고, 또 몇몇은 그를 그리워하거나 매일 생각하기도 했다.

살 다녀와

한참 시간이 흘러 다람쥐가 생일날 아침에 코끼리의 편지를 받았다.

다람쥐에게
생일 축하해.
너 아직도 너도밤나무 꼭대기에 살고 있니?
그 전등 아직도 가지고 있어?

— 코끼리가 (바다에서)

그 생일날 밤, 다람쥐는 그 누구보다, 그 무엇보다 코끼리를 그리워했다.

다람쥐는 잠시, 아주 잠시 동안 코끼리가 숲을 지나 저 멀리 별들 사이에서 보인다고, 손을 흔들며 "나 여기 있어!"라고 외치고 있다고 생각해 보았다. 그러고는 넘어지기 직전까지 그 생각에 빠져 있었다.

그러나 말도 안 되는 일이었다. 터무니없는 생각이라는

걸 다람쥐는 알고 있었다.

다람쥐는 한숨을 내쉬며 목소리를 가다듬고는 다시 생일 파티를 이어 갔다.

잘 다녀와

13

다람쥐는 날고 있었다. 이미 오랫동안 비행을 꿈꿔 왔지만, 항상 뭔가 일이 생겼다. 비가 오거나 눈이 오거나, 모기의 생일이거나, 참새의 파티거나, 돌고래의 마지막 편지가 오거나, 혹은 전날 먹다 남은 케이크가 있거나. 그러나이젠 정말 때가 되었다.

다람쥐는 백조의 등에 올라앉았다. 백조의 목을 꼭 붙잡고 날개 너머로 아래를 내려다보았다. 아주 청명한 날이었고, 드디어 하늘을 나는 여행을 하게 되어 기뻤다.

"최소한 백조 등에서 하늘을 날고 있잖아." 다람쥐는 혼
잣말을 했다.

"내 등에 뭐가 있니?" 백조가 바람을 맞으며 외쳤다.

"하늘에 뭐가 있다고?" 다람쥐는 백조가 하는 말을 못
알아듣고 외쳤다.

"없어! 하늘엔 원래 아무것도 없어! 모든 건 아래 있
어!" 백조가 소리쳤다.

"안개도 안 보이는데." 다람쥐가 외쳤다.

"안개를 기대했던 거야?"

"뭐? 내가 뭘 기다렸다고?"

"아니, 너무 멀다고." 백조가 외쳤다.

"글쎄!"

"이제 좀 그래." 백조가 외쳤다.

"아주 좋아!" 다람쥐가 외쳤다.

다시 땅에 내려올 때까지 둘은 그렇게 서로 다른 말을
주고받았다. 다람쥐와 백조는 숲을 지나 강을 건너, 해변

을 지나 바다를 건너, 그리고 저 반대편까지 날아갔다.

"저기 상어다!" 백조가 외쳤다.

"저기 뭐!" 마지막 말을 알아듣지 못한 다람쥐가 외쳤다.

"가만히 좀 있어 보라고!" 백조가 외쳤다

"난 안 보이는데." 다람쥐가 대답했다.

바람이 더 세게 불 때마다 한 단어씩 날아가 버려서, 어디선가 멀리 어떤 이상한 귀에나 들렸을지 모른다.

"저기 연못이 있다. 종점이기도 하지." 백조가 말했다.

백조는 우아하게 선회한 후 몸을 흔들어 다람쥐를 연못에 내려 주었다. 다람쥐는 조금 더 몸을 날려 물 위에 착지했다. 도미가 그를 잡아 물가로 내려놓았다. 거기엔 개미가 그의 모험담을 듣기 위해 기다리고 있었다.

"백조가 전부 다 자세히 설명해 줬어." 다람쥐가 몸의 물기를 털어 내며 말했다. 물방울이 햇빛에 반짝였다.

14

어느 날 다람쥐와 개미가 북쪽으로 기나긴 여행을 떠났다.

바다를 항해하고 이내 빙하 사이를 지나게 되었다. 입이 얼어붙어서 차라리 집으로 돌아가고 싶다는 말조차 할 수 없을 정도로 추웠다. 그래도 계속 항해를 했고, 마침내 노조차 저을 수 없게 되었다. 둘은 얼음 바다를 떠다니는 유빙 위에 누워 버렸다.

한참 후 둘은 유빙을 타고 남쪽으로 떠내려갔다. 날이

잘 다녀와

따뜻해지면서 유빙이 녹자 마침내 둘은 헤엄을 칠 수 있게 되었고 곧 숲에서 멀지 않은 해안가에 닿을 수 있었다.

날이 어찌나 좋은지 이따금씩 상어도 거울처럼 반짝이는 수면 위로 머리를 내밀고 노래했다.

개미와 다람쥐는 지쳐 있었다. 개미는 자기도 모르게 몸을 질질 끌며 집으로 향했다. 그러나 다람쥐는 그냥 그대로 누워 있었다.

갑자기 볼에 뭔가가 살짝 느껴졌다. 곁눈으로 파리 날개가 보였다.

"같이 갈래?" 파리가 물었다.

"나 이제 막 돌아왔어." 다람쥐가 대답했다.

"그래서?" 파리가 다시 물었다.

"나 무척 피곤해."

"넌 그냥 잠만 자. 내 등 위에서!" 파리가 말했다.

가까스로 파리 등에 몸을 얹었지만, 일단 앉아 보니 아래로 쫙 펼쳐진 숲이 보였고 이내 편안히 쉴 수 있었다. 햇

빛을 반사하는 강 위를 넓게 날갯짓하며 날아가던 왜가리를 추월했다. 코끼리가 걸어가고 있었다. 청소기처럼 빨아들이는 것 같네! 다람쥐는 생각했다. 여태껏 본 중에 가장 아름답게 빛나는 딱정벌레도 지나갔다.

다람쥐는 한 장면이라도 놓칠세라 파리 등 이쪽에서 저쪽으로 껑충 옮겨 갔다.

"움직이지 마." 파리가 말했다. 그러나 다람쥐는 파리의 머리 위에 올라서고, 다시 발가락으로 한쪽 날개에 매달렸다. 저 아래에서 모두 놀라 꼼짝 않고 서서 위를 쳐다볼 정도였다. 하지만 그는 말을 듣지 않았다.

"그렇다면 스스로 깨닫게 해 주지." 파리는 갑자기 가파르게 위로 올라간 다음 급회전을 하며 곧장 아래로 내리꽂았다. 다람쥐는 더 이상 붙잡지도 못하고 공중을 날았다.

다람쥐는 수많은 동물들이 감탄하며 지켜보는 가운데 아름다운 곡선을 그리면서, 개구리가 개굴개굴 노래하려던 바로 그 연못으로 떨어졌다. 그리고 잠시 개구리를 기다렸다. 그때 노래가 들려왔다. "안녕하세요, 저는 아주 기뻐……."

그러나 개구리는 더 이상 노래를 개굴개굴 이어가지 못했다. 다람쥐가 그의 등을 무겁게 짓누른 채 물 아래로 잡아끌며 가라앉고 있었기 때문이다.

15

아주 멀리 사막 저편에 사막쥐가 살고 있었다.

어느 날 다람쥐가 사막을 산책하다 그의 집을 지나게 되었다. 문에는 작고 삐뚤빼뚤하게 **사막쥐**라고 쓰여 있었다.

아, 여기 사막쥐가 사는구나.

다람쥐는 그의 집을 방문한 적이 한 번도 없었다. 그는 문을 두드리며 말했다. "사막쥐야! 나 놀러 왔어!"

조용했다. 다람쥐는 문 가까이에 귀를 대 보았다. 잠시 뭔가 바스락거리는 소리가 들리는 것 같았다. 그때 문 아래로 쪽지가 보였다.

누구세요?

— 사막쥐가

"나야 나, 다람쥐야." 다람쥐가 대답했다.

다시 정적이 흐른 뒤 또 문 아래로 쪽지가 보였다.

다람쥐라. 누구를 말씀하시는 거죠?

— 사막쥐가

누구를 말하느냐고? 나를 누구라고 말하지? 깊이 생각
해 보았지만 어떻게 대답해야 할지 몰랐다.

"문 한번 열어 봐." 다람쥐가 말했다.

문 아래로 또다시 쪽지가 보였다.

문을 열다. 그게 무슨 말씀이신가요?

— 사막쥐가

"그래야 내가 들어갈 수 있어." 다람쥐가 외쳤다.

그러나 곧바로 또 다른 쪽지가 왔다.

들어간다. 그건 또 무슨 말씀이시죠?

— 사막쥐가

다람쥐는 한숨을 깊이 내쉬었다. 사막쥐는 아는 게 없구나. 다람쥐는 생각했다. 그리고 이마를 찌푸렸다. 어쩌면 정말 아무것도 아는 게 없나 봐. 그게 가능할까?

다람쥐는 사막쥐 집 앞에 앉아 있었다.

사막은 무척 더웠고 다람쥐는 뭔가 간절히 마시고 싶었다. 게다가 이제 곧 사막쥐의 생일이고 모든 것이 집에 있을 텐데 그런 걸 단 하나도 모른다니.

"네 생일이야!" 확실히 알려 주려고 다람쥐는 외쳤다.
"축하하려고 왔어! 축하해, 사막쥐야! 문 좀 열어!"

그러나 말이 끝나기도 전에 문 아래로 또 쪽지가 나왔다.

생일이라. 갑자기 그건 또 무슨 말씀이신가요?

— 사막쥐가

다람쥐는 편지를 읽고 자리에서 일어섰다. 그냥 가야겠
다. "안녕, 사막쥐야." 하고 인사하고 싶었지만 아무 말도
하지 않았다. 왜냐하면 어차피 사막쥐는 안녕이 무슨 뜻인
지도 모를 것 같았기 때문이다.

다람쥐는 그렇게 많은 것을 알게 되었고 숲을 향해 반
짝이는 사막을 다시 걷기 시작했다.

사막의 끝에 다다랐을 때 타는 듯한 사막 바람을 타고
쪽지 하나가 그의 앞으로 날아왔다.

당신은 제 질문에 어떤 대답도 하지 않았어요!

— 사막쥐가

다람쥐는 희미한 하늘에 편지를 던져 버리고, 작은 모래 언덕에 올라 외쳤다. "맞아요! 대답이 없어요! 당신의 모든 질문에 대해서!"

그의 목소리는 멀리 퍼졌지만 아무도 그의 말을 듣지 못했다. 늦은 오후 다람쥐는 사막을 가로질러 숲을 향해 달리기 시작했다.

16

한밤중에 개미가 놀라 잠에서 깨어났다.

주위는 아직 어두웠다.

귀를 쫑긋하고 숨을 참아 보았다. 그러나 아무 소리도 들리지 않았다. 아무도 문을 두드리거나 창문을 노크하거나 "개미야…… 개미야……." 하고 소곤대지도 않았다.

그는 일어나 창가로 가 보았다.

밖을 내다보았지만, 아무것도 보이지 않았다.

누군가 왔다 갔을 거야. 예고도 없이 누군가가, 그게 누구든지 말이야.

창가에서 천천히 침대로 돌아갔다. 자리에 누웠다가 곧
장 다시 일어나 창문으로 다가갔다. 여전히 아무도 없었
다. 문에 귀를 대 보았지만 아무 소리도 들리지 않았다.

식탁에 앉아 종이를 한 장 집어 들고 "친애하는"이라고
써 보았다.

잠시 멈추었다가 "친애하는"을 지워 버리고 "왜냐하면"
이라고 다시 썼다.

"왜냐하면" 다음에 점 세 개를 찍었다. "왜냐하면…"

한참을 생각하다가 점 세 개를 지우고 "나는"이라고 썼
다. "왜냐하면 나는"

개미는 가까스로 혀를 코에 갖다 대며 "나는" 다음에
다시 점 세 개를 찍었다. "왜냐하면 나는…"

개미는 종이를 찢어서 조각까지 다 구겨 버렸다. 그러고
는 머리를 식탁에 대고 눈을 감았다.

떠나야겠다.

개미는 앞다리로 양쪽 옆통수를 꾹 눌렀다.

만약 식탁에 마주 앉아 있다가 의자를 뒤로 빼 버리면, 왜 그러는지 이유는 잘 모르겠지만, 맞은편에 앉아 있는 누군가와 더 이상 닿을 수 없을 거야.

그는 다시 꼿꼿이 앉았다.

만약 길을 걸어가다가 잠시 후 뒤를 돌아보면, 전에는 보이던 누군가를 더 이상 볼 수 없겠지.

개미는 잠시 생각을 멈추었다.

더 멀리 가 버리면, 누군가가 있는 힘껏 불러도 난 더 이상 그 소리를 들을 수 없을 테고.

그는 자리에서 일어나 창가로 갔다.

내가 좀 더 멀리멀리 가 버리면, 그리고 다른 누군가는 집에 있다면, 예를 들어 침대에 누워 있거나 식탁에 앉아 있다면, 나는 아무리 열심히 생각해도 그 누군가를 더 이상 떠올릴 수 없겠지.

개미는 코를 창문에 대고 누르며 어둠을 헤치고 숲 한

가운데를 뚫어지게 쳐다보았다.

아주 멀리 가 버려야겠다, 더 이상 누구도 생각할 수 없도록.

아주 먼 곳이라는 건 알고 있었다. 세상 저편도 충분하지 않을 만큼.

그는 다시 눈을 꼭 감았다. 다시는 돌아오지 않을 곳보다 더 멀리 떨어진 곳이어야 한다. 왜냐하면 다시는 돌아오지 못한다고 생각하면, 언젠가는 돌아올 수 있는 무엇이나 누군가에 대해 반드시 생각하기 마련이니까.

개미는 천천히 왼쪽에서 오른쪽으로 이마를 쓸었다. 무거운 생각들이었다.

어쨌든 떠나야겠어.

문을 열고 밖으로 나갔다.

밖은 무척 어두웠다. 보이는 것도 들리는 것도 없었다. 먼 곳을 향해 조심스럽게 걸어 나갔다.

그러나 얼마 가지 않아 그는 발을 멈추고 다른 쪽 숲

한가운데로 올라갔다.

너도밤나무 아래에 멈춰 서서 위를 올려다보았다. 그러고는 깊은 숨을 들이쉬며 나무줄기에 등을 대고 앉아 버렸다.

바람이 불어 머리 위 너도밤나무 가지가 삐걱거리고, 심지어 다람쥐 집을 때리는 것 같은 소리가 들렸다. 틱틱. 틱틱.

개미는 해가 뜨고 바람이 잔잔해질 때까지 그렇게 앉아 있었다.

그런 다음 위로 올라갔다. 그러나 빨리 움직이지는 않았다. 이따금씩 잠시 멈추고 생각하며 한 발짝 뒤로 갔다 다시 위로 올랐다. 그사이 나뭇잎 사이사이로 해가 얼굴을 비추었다.

위로 다 올라가서는 문을 두드리고 말했다. "다람쥐야! 나야. 개미."

잘 나녀와

17

하루가 다 지나기 전에 다람쥐가 길을 나섰다. 아침에는 너도밤나무에서 이끼로 뛰어내렸고, 연못에 떠 있는 나뭇가지 끝에서 나비의 등 위로 뛰어내렸더니 말없이 연못가로 데려다 주기도 했다. 그는 항상 자기 발을 내디딜 곳으로 제일 먼저, 제일 좋은 길을 택했다. 그러나 옆길이 보이면 그 길을 택했고, 그날의 계획들을 잊어버리면, 그냥 잊어버렸다.

그날 다람쥐는 이사 때문에 일손이 필요한 코끼리에게

가던 길이었다. 그러다 구불구불한 모랫길을 만났다. 다람쥐는 그 길로 들어섰다. 표지판이 보였다. **경계선으로 가는 길**. 그래 거길 가 보고 싶었어. 그러나 슬프게도 그냥 지나칠 수 없는 샛길이 금방 다시 나타났다. 얼마나 가고 싶었던 경계선으로 가는 길이었는데.

샛길에는 **죽 직진하는 길**이라는 표지판이 세워져 있었다. 그 길은 가시가 **빽빽하게** 돋아 있는 덤불밭으로 곧장 이어져 있어서 다람쥐는 무척 주저했지만, 금세 그 길로 걸어 들어갔다. 다람쥐는 피부가 벗겨지면서도 덤불에서 벗어나려고 허우적댔다. 그러다 도랑으로 굴러떨어져, 오래된 나뭇잎을 이불 삼아 잠이 들었다.

잠에서 깨니 이미 땅거미가 진 뒤라, 또다시 잠들 수 있었다.

다음 날 아침, 돌아가는 길도 샛길도 없이 곧바로 해변으로 이어진 길에 다다랐다. 거기엔 작은 배가 준비되어 있었다. 다람쥐는 그 배에 올라 수평선을 향해 항해를 시

작했다. 이어서 파도를 타고 수평선을 지나고, 빙산의 문들을 통과해, 거울처럼 반짝이는 수면 위에서 점점 더 새로운 수평선을 향해 갔다. 때때로 엄청난 소용돌이를 맞아 수직 절벽 아래로 떨어지기도 하고, 또 때로는 하얀 파도의 꼭짓점에서 꼭짓점으로 날기도 하면서.

태양이 점점 더 크게 보였다. 어쩌면 태양이 점점 커지는 게 아니라 그가 점점 더 태양에 가까워지고 있는지도 몰랐다.

그러던 중 다람쥐는 파도에 휩쓸려 해안가로 팽개쳐졌다. 곧 집에 돌아가면 몇 주 동안이나 이야기할 수 있을 정도로 무궁무진한 모험에서 살아남았던 것이다. 두 친구 개미와 고슴도치가 너무나 많이 들어서 더 이상 듣고 싶어 하지 않을 정도로.

"그리고 또 곳곳에 말이야……." 다람쥐는 계속했다.

"이제 그만!" 개미가 고함을 쳤다.

잘 다녀와

옮긴이의 말

톤 텔레헨이 그린 동물들은 엉뚱한 듯하면서도 의젓하다. 친구에게 다른 세상을 보여 주려고 먼저 다녀오는 수고를 마다하지 않고, 바깥 세계가 궁금해 여행을 떠났다가 아파하는 이들을 보고 그냥 지나칠 수 없어 밤새 보살피기도 한다. 우리가 놓치고 있는 따뜻한 가슴과 어른스러운 배려의 마음씨를 지녔다.

여행이라 하면 떠올리게 되는 이국적인 모습이나 화려함보다 '여행' 자체를 고민하게 해 주는 게 이 책이 지닌 또 다른 매력이다. 세상 끝에 다다른다 한들 내 시야가 좁거나 마음을 열 준비가 돼 있지 않다면, 눈앞에 펼쳐진 풍경은 아무 의미도 없음을, 같은 곳을 여행해도 서로 다른 걸 보고 서로 다른 생각을 할 수 있음을 우화적으로 이야기하고 있는 게 아닐까.

우리가 살아가며 맞닥뜨리는 고민과 갈등에 대한 정답을 여행이 알려 주지는 않는다. 떠나고 싶거나 다시 돌아가고 싶은 충동, 새로운 사람을 만나고 새로운 풍경을 발견하는 기쁨, 여행의 단계마다 달라지는 이런 자신의 마음에 귀를 기울이는 것이야 말로 여행의 가치가 아닐까? 작은 동물 친구들의 마음에 귀를 기울이다 보면 어느덧 우리는 길을 나서고 싶어질지도 모른다.

2018년 초겨울

정유정

옮긴이 | 정유정

한국외국어대 네덜란드어과와 네덜란드 레이던 대학교에서 공부한 후 네덜란드교육진흥원을 거쳐, 현재 주한 네덜란드대사관에서 일하고 있다. 옮긴 책으로『코끼리의 마음』,『잘 지내니』,『잘 다녀와』가 있다.

그린이 | 김소라

대학원에서 그림책 만들기를 배웠다. 오래도록 지속 가능한 그림 그리기에 대해 고민하고 있다. 그린 책으로『있잖아, 누구씨』,『고슴도치의 소원』,『코끼리의 마음』,『잘 지내니』,『잘 다녀와』 등이 있다. instagram.com/raso0000

잘 다녀와

1판 1쇄 인쇄 2018년 11월 19일
1판 1쇄 발행 2018년 12월 1일

지은이 톤 텔레헨 **옮긴이** 정유정 **그린이** 김소라
펴낸이 김영곤 **펴낸곳** 아르테
문학사업본부 본부장 원미선
책임편집 양한나 **디자인** 김형균
해외문학팀 손미선 정혜경 임정우 이현정
문학마케팅팀 정유선 임동렬 조윤선 배한진 **문학영업팀** 권장규 오서영
해외기획팀 임세은 이윤경 장수연 **홍보팀장** 이혜연 **제작팀장** 이영민

출판등록 2000년 5월 6일 제406-2003-061호
주소 (우 10881) 경기도 파주시 회동길 201(문발동)
대표전화 031-955-2100 **팩스** 031-955-2151
ISBN 978-89-509-7847-1 04890
ISBN 978-89-509-7846-4 04890 (세트)

아르테는 ㈜북이십일의 문학 브랜드입니다.